9 789977 867215

كايميرا

1

دار حروف منثورة للنشر والتوزيع

الطبعة الأولى

الكتاب: كايميرا

المؤلف: مجموعة مؤلفين

تصنيف الكتاب: منوعات

تصميم الغلاف: فريق الدار

تنسيق داخلي: فريق الدار

مراجعة لغوية: عبد المعز صفوت

رقم الإيداع: 2021/26539م

الترقيم الدولي: 9789776867215

مؤسس الدار

مروان محمد

Website: https://horofbooks.com
Fan page: http://facebook.com/horofsbooks
Email: info@horofbooks.com

هاتف جوال: 00201113006296 — هاتف جوال: 00201064054995

كتب حروف منثورة للجيب

سلسلة كولاج للمنوعات

كَايميرا

العدد الأول

مجموعة مؤلفين

الفهرس

كلمة العدد

مروان محمد

أعتقد أنَّ هذا السؤال سيكون مفتتح كلمة العدد الأول من سلسلة (كولاج)، بدأت الفكرة منذ عامين تقريبًا ولكن لم تدخل حيز التنفيذ إلا الآن فقط، كانت منذ عامين مجرَّد فكرةٍ أخذت تتبلور على مدار هذين العامين بالمشاركة مع الكاتبة المتألقة (صفاء حسين العجماوي)؛ حيث دار بيننا أول حديثٍ عن سلاسل كتبٍ للجيب تصدر عن دار (حروف منثورة) لتكون إحياءً لمشروع روايات مصرية للجيب التي صدرت لسنواتٍ طوال عن (المؤسسة العربية الحديثة).

كنت أرى أنه من الضروري أن تحظى الأجيال الجديدة بهذه الفرصة العظيمة التي توفرت لنا ونحن في مرحلة الصبا ثم أولى الخطى نحو مرحلة الشباب، لكم استفدنا عظيم الاستفادة بهذه السلاسل الرائعة من روايات مصرية للجيب!..

لأنها دفعتنا أولاً لحب القراءة؛ ثم زرعت في نفوسنا حبَّ الوطن والكثير من القيم الأخلاقية؛ فكان لزامًا علينا أن نضطلع بدورنا لإحياء هذا المشروع الثقافي الكبير للشباب الصغير مرة أخرى لتكون متاحةً أمامه نفس الفرصة التي أتيحت لنا منذ عقدين من الزمن.

محاولة جادة لمقاومة ذلك التيار الضخم من التكنولوجيا التي ـللأسفـ يُساء استخدامها على يد بعض شبابنا الصغير، ونعتقد وكلُّنا أملٌ في الله سبحانه وتعالى أن يعيد

هذا المشروع الطموح الأمل لنا كآباء في أن يُؤسس شبابنا الصغير على الأسس الفاضلة القيّمة التي تربينا عليها على يد سلاسل روايات مصرية للجيب.

نحاول أن نُحيي هذا المشروع مرةً أخرى بفكرٍ جديد وبدماءٍ جديدة تناسب وتواكب الجيل الحالي، من حيث الإخراج الفني والتصميم والموضوع؛ وهو النقطة الأهم في ذلك المشروع الكبير، موضوعات تلائم وتوائم هذا العصر بكل معطياته وتحفِّز شبابنا الصغير لأن يمسك الكتاب ويكون محور اهتمامه بدلًا من الهواتف الذكية والأجهزة اللوحية التي أخذت كل وقت شبابنا الصغير؛ بل جعلته يعيش في عالمٍ موازٍ لا علاقة له بالعالم الواقعي، وانفصل شبابنا الصغير عن واقعنا تمامًا.

كلنا أمل في أن يجعل هذا المشروع الطموح الأمر مختلفًا تمامًا، وأن يدفع شبابنا للقراءة والبحث والتفكير والتساؤل والإلحاح في السؤال والبحث عن جواب، فلذلك نراعي في تلك السلاسل المتنوعة أن يكون الموضوع دافعًا قويًا لأن يتجه شبابنا للقراءة والبحث والتساؤل والتأمُّل، وأن يكون دافعًا أكبر للتفكير، لأنَّ الأمة لا تقوم لها قائمةٌ إلا بالقراءة الواعية المفيدة وهذا ما نعمل على تحقيقه في موضوعات سلاسل حروف منثورة للجيب المختلفة.

وفي هذا المقام نثمِّن بشدة ونثني على جهود الكاتبة المميزة (صفاء حسين العجماوي)، حيث إنها تبنت هذا المشروع بكل حماسٍ وتعمل عليه بكل جدٍّ وإخلاص وتخصص له من وقتها بدون مقابل؛ وذلك لإيمانها بنفس الأفكار نحو

تخصيص جهودنا من أجل خدمة المعرفة والثقافة وحبّ القراءة الذي نحاول زرعه في شبابنا الصغير، والحقيقة ـ وبدون مبالغة ـ حينما أقول أنها تصنع المعجزات بشأن إخراج هذا المشروع للنور فهي بالفعل تصنع المعجزات، وأعتقد أنَّ الشباب الصغير الذي سيكبر يومًا ويكون في موضع مسئولية سيكون مدينًا بالفضل لهذه السيدة الفاضلة في تثقيفه وتوعيته وإنضاج شخصيته على نحوٍ أفضل.

سيتذكر الكثير من شبابنا الصغير اسم الأستاذة (صفاء حسين العجماوي) لسنواتٍ طويلة ولربما لآخر أعمارهم لمَا تقدمه من خدمةٍ جليلة في سبيل إحياء هذا المشروع الطموح بالتعاون مع دار (حروف منثورة للنشر والتوزيع) والتي تبذل في المقابل جهودًا مضاعفة من أجل إخراج هذا المشروع بكافة سلاسله إلى النور في أسرع وقتٍ ممكن.

ليس الهدف من هذه السلاسل مجرد الإمتاع والتسلية فقط؛ ولكن الهدف الأساسي منها هو التثقيف في صورةٍ مبهرةٍ شيقة وبسيطة في نفس الوقت،؛لأنَّ المعرفة في كافة فروعها هي السبيل لارتقاء النفس وتكوين الشخصية القوية الفاعلة، هي التي ستدفع شبابنا الصغير إلى التفكير والتحليل والابتكار، فليس هناك أفضل من الأدب لأن يؤدي هذا الدور العظيم لشبابنا الصغير، وتقع علينا جميعًا كمثقفين ومبدعين وكتّاب مسئوليةٌ كبيرة نحو إنماء روح التفكير والبحث والتحليل في عقول أبنائنا، وأيضًا ليطمئن الآباء والأمهات لأنَّ أبناءهم يقرأون ما يصلحهم ويرقيهم ولا يقرأوا ما يفسد عقولهم ويعطب أرواحهم النقية، ونتمنى

أن يحوز العدد الأول من سلسلة (كولاج) على إعجاب قرائنا.. ذلك الشباب الصغير ... صنَّاع المستقبل.

ملف الجرائم

منال عبد الحميد

(يهوذا) يخون عائلته!

نهض تاركًا بقايا غدائه على مائدة الطعام، لقد حرص على أن يتناول وجبته في غرفة المائدة، مصرًّا على أن يتبع نظامه الصارم حتى النهاية، إنَّ كلَّ هذه الدماء ـالمتناثرة هنا وهناكـ لن تجبره على أن يتصرَّف كهؤلاء الأشخاص وضيعي الأصل، الذين يتحججون بأية مناسبة تافهةٍ ليخرجوا على أي نظام، وينتهكوا أية قواعد؛ لقد أعدَّ طعامه كذلك، وهو أمرٌ لم يكن منافيًا تمامًا لأساسيات السلوك التي اختطها لنفسه منذ حداثة سنه، لقد عوَّده والداه على الاعتماد على نفسه؛ حسنًا فعلًا، فقد أفاده هذا الدرس الصغير وجعله لا يحتاج إلى أحد، وهو يقلي شرائح اللحم ويسخن الخبز، ويجهز سلطة الكرنب الخفيفة، لم يعُزه شيء، وجبةٌ متكاملة وإن كانت غير صحيَّة تمامًا؛ سوف يراعي أن يقلل الدهون في طعامه بعد ذلك؛ فصحَّته تستحق منه قليلًا من العناية؛ لكن.. يا للعنة! إنه لم يعتد أن يقوم بمهام التنظيف المنزلية ولا يعرف كيف يؤديها بطريقةٍ مرضية؛ ولذلك فسوف يترك كل شيءٍ في مكانه ببساطةٍ، إن هذا هو مبدؤه الأول في الحياة (أفعل الشيء على أكمل وجهٍ، أو اتركه لغيرك ليقوم به)!

حسنًا سوف يدع مهمة التنظيف الصغيرة لغيره، لرجال الشرطة حينما يقتحمون المنزل، للجيران إن كان لديهم قدرٌ معقول من التعاون وحسن التقدير ، لعابر سبيل سيء الحظ

وحسن الذوق يكتشف الأمر، ومن ثَمَّ يشمِّر عن ذراعيه ويكلف نفسه كجنيَّة (سندريلا) الخدومة بترتيب الأمور دون سابق دعوة؛ لأرواح أسلافه يحتمل، أو حتى ربما تنهض زوجته وأمه المولعتان بالتنظيم والترتيب والتنظيف مثله لتكملا المهمة، ومن ثَمَّ تعودا للرقاد ثانية في بركة دمائهما! أخيرًا ألقى نظرةً راضية على المكان من حوله، لن يحتاج إلي أغراض كثيرة، والفوضى التي خلفها وراءه تكفي سلَّة قمامةٍ صغيرة لتداركها، مسح فمه ثانية بحرص في فوطة الطعام؛ ثم طبقها بعنايةٍ ووضعها بين طبقه والشوكة على طرف المنضدة، تمامًا حيث يجب أن تكون، ثُمَّ جفف يديه، رتَّب ثيابه وعدَّل من هندامه، وتفحَّص نفسه بحرصٍ ليتأكد من نظافته وحسن هندامه، ثم غادر المنزل مخلفًا وراءه بقايا وجبة غداءٍ صغيرة على المنضدة.. وأربع جثثٍ طازجةٍ نازفة متناثرة حول المكان!.

من خلال فتحات السور راقب الغلام وهو يركل الكرة بقوةٍ تستحق الإعجاب وتثير الحسد، كان للولد ركبتان قويتان ورثهما ـغالبًا ـ من جدِّه لأبيه، وعزيمة لابد ـبكلِّ تأكيدٍ هذه المرةـ أنَّه أخذها مباشرةً عن أبيه، الرجل الذي يَقف خارج حدود الملعب المرتجل يراقب ابنه يدفع الكرة ويتلقفها بطريقةٍ توحي بأنه سيكون لاعب كرة قدمٍ عظيم في المستقبل، أو ربما بيسبول أيضًا، سوف يكون (جون) ناجحًا في الحالتين، إلا إنَّ هذا لن يغير من الأمر شيئًا، إنه يترك أطفاله لقمة سائغة وغنيمة باردة للشيطان.. لقد صنع نفسه بنفسه، كوَّن ثروةً صغيرةً وحقق أحلام عائلته،

وطموحات والده؛ لكن أحدًا ما لم يتوقف للحظةٍ لكي يتساءل: وما هي طموحات السيد (لست) نفسه، وهل تحققت أم لا ؟!

إنَّ القوة التي تدفعك لأعلى، هي نفسها التي تعرقلك عن النظر تحتك لكي ترى أية خسائر ضحيت بها في طريقك الوعر الطويل، لقد صنع حياةً مريحةً لطيفة لعائلته، بيتٌ كبير بغرفٍ كثيرة ومرافق كاملة، كل الكماليات التي حلمت بها (هيلين) حينما كانت تتمتع بكافة قواها العقلية، وتعرف كيف تحلم وتطلب وتصرُّ على مطاردة حلمها حتى تتمكن من الإمساك به؛ لكن لم يعد لـ(هيلين) أية صفة من تلك، لقد تسلل الشيطان إلي عقلها، قادها الزهري إلي سبيلٍ صارم منعزل، وجدت نفسها وحيدةً في مفترق طرق وتقطعت بها السبل، بينما زوجها بعيد، بعيدٌ جدًا، فلم تستطع أن تعود من كل تلك المتاهة المتشابكة إلا بعد أن ضاع منها الخيط وسقط منها المفتاح في مكانٍ ما، بلا خيط ولا مفتاح عادت وحيدةً فاقدة رشدها، بلا خيطٍ تضم به أسرتها إليها، وبدون مفتاح لتفتح به لنفسها وللآخرين كل بابٍ مغلقٍ ومصفَّدٍ بالسلاسل تقابله في وجهها، صارت الحبيبة زوجة، وصارت الزوجة أمًّا، وصارت الأم عمودًا للبيت، ثم صارت الحبيبة والزوجة والأم وعمود المنزل عبئًا على الجميع، على نفسها قبل الجميع .. كيف يتصور أحد أن (جون لست) خادم الرب الفقير، بإمكانه أن يتحمَّل كل هذا بمفرده؟!

الرهن العقاري ومضاربات البورصة، (بابل) الجديدة الفائقة القدرة على سلب الناس مقدراتهم وأموالهم ومدخراتهم:
جلا: أنت الآن تملك كل شيءٌ! .. جلا جلا : أنت الآن مفلسٌ على قارعة الطريق!
بمَ يُقدر شر الكهنة والسحرة، وطابخي ترياقات الشر القدماء، إن هو قورن بشر أباطرة البورصة ولصوص أسواق المال؟!
هه، إنَّ الربَّ لم يخلق شرًّا أبدًا؛ لكنَّ الإنسان فعل، والإنسان قد يكون شرًّا خالصًا، أو قد يكون هدفًا لسهام الشرِّ، إنه وعائلته ليسوا أشرارًا ؛ لكن سهام الشرِّ تلاحقهم، والخراب يتربَّص بهم، أيُّ بلاءٍ أعظم من أن تفقد كلَّ ما جهدت لتحقيقه وجمعه في لعبةٍ صغيرة صفيقة بلا قواعد، يلعبها رجالٌ لا ذرَّة شرفٍ لديهم؟! حتى الجنون والذبح والقتل والتنكيل؛ حتى الموت نفسه، لا تعادل هكذا شرٍّ ولا تدانيه!.
استمرَّت المباراة عشر دقائق إضافية، يجب أن يسجل كل فريقٍ في مرمى الفريق الآخر حتى تهترئ شباكهما، ويحك إنها مباراةٌ وديةٌ يا رجل، وليست بطولة كأس العالم، إنهم شبابٌ يلعبون، رجالٌ صغار يمرحون ويقصفون بفرحٍ وصخب، معظمهم لديهم آباء يحملون الصخرة ـ كبروميثيوسـ على عواتقهم لينطلق أولادهم أحرارًا محلولين من كل قيد وكل حبلٍ يغلهم ويعرقل حركتهم، لقد تلقى (جون) الصغير تربيةً حسنة، جرَّب كل شيءٍ باعتدالٍ، وتزمَّت أبيه الديني لم يصنع طوقًا من حديد حول عنقه؛ فقط

جعل الأسرة تبلل أقدامها بالخمر الجيد والطعام الطيب والرفاهية المعقولة، دون أن تغرق في مستنقع الشهوات، ودون أن تنجرف خلف تيار حياةٍ صاخبة، حتى يُلقي بها الموج على شاطئ مهجور عاريةً ضائعة، لا أحد من أولاده يدخن بشراهة أو يتلقى جرعاتٍ غير معلومة المصدر؛ حتى علاج زوجته معتدلٌ ومقبول ـ والحمد لله ـ ككل أنواع الأدوية، لا يؤتي بأية ثمار، الربُّ وحده هو الذي يمنح المسحة الشافية، ويبعد الأدواء ويخلص الأبدان من متاعبها، والربُّ وحده يتفهم مشاعره ويقدِّر أحاسيسه في تلك اللحظة، وهو يجد نفسه مجردًا من قوة الأب وضعفه في نفس الوقت، فقد مصدر دخله الذي كان يعطيه القوة والسيطرة، ولكنه لم يصبح والدًا عجوزًا فقيرًا مسنًا مستحقًا للشفقة والعطف، صار بين الحدَّين المسننين، لا يستطيع أن يستمر في ممارسة قوته، ولا يعرف كيف يعرِّض نفسه أمام أسرته في صورة الرجل المستحق لكل عطفٍ ودعمٍ ومساندة، لم يجرِّب إحساس التضاؤل والحاجة للعطف أبدًا، لم يطلب العطف أبدًا فلم يحصل عليه أبدا؛ حتى الأبوان الصارمان كانا يتعاملان معه كرجلٍ مُدرك، منذ أن درج على الدرب ماشيًا ممسكًا بيد الأم ـ خشية السقوط والتحطُّم ـ كلعبةٍ خشبية مطلية بغراء قاسٍ يحفظها، بينما قلبها هشٌّ متآكل، لكن على أية حال فاللصاق قوي بما يكفي لكي يقاوم حتى وصولهما إلي البيت،(جون) الأكبر و(جون) الأصغر، وهناك لن يكون أحدهما بحاجةٍ إلي قناع زائف أو تصنُّع؛ فالبندقية والبلطة تنتظران في البيت، ومن لديه بندقيةٌ

مطيعة وبلطةٌ ماضية لا يحق له أن يقلق على المستقبل، لم يكن (جون الأصغر) قد فطن لوجود والده في الجوار بعد، استغرقته اللعبة تمامًا، فسنواته الخمس عشرة كانت تفور في عروقه مطلقةً طاقةً هائلة تدفعه دفعًا إلى المنافسة ومحاولة إثبات التفوق والجدارة، راح الغلام يسدِّد هدفًا وراء هدفٍ، يركض خلف الكرة، كحلمٍ صغير يرمي إلى تحقيقه، وكلما نالها بقدميه ودفعها لتضرب وجه حارس المرمى المغلوب على أمره، أو تمرق بجوار أذنه مصفرةً كرصاصةٍ طائشةٍ، وتستقر في قلب الشبكة، كان يشعر بأنه يصنع يومه حقًا.

كان العالم يمور ويفور ويقذف الشرر في تلك الحقبة الشريرة، (السنوات الخاطئة) كما كان يسميها أبوه؛ لكن هل يزيد الشر والخطأ في نظر شابٍ صغير ـ لم يخسر نعيم الطفولة كاملًا بعدـ عن فكرة تدخين سيجارةٍ في الحمام؟ أو مواعدةٍ صغيرةٍ مع فتاة مدرسة بملابسها الرسمية، في ظلال شجرةٍ مختبئين عن أنظار العالم؟ أو تصفح بعض الصور الخارجة في مطبوعةٍ رخيصة؟ هذا هو مقدار الشرِّ الذي كان (جون فردريك لست) يدركه، وآخر حدود معرفته به،

والولد معذورٌ في كل الأحوال؛ فقد نشأ في بيت تتردد فيه، لا أنغام السبعينات الصاخبة؛ بل أصداء وصايا الربِّ لموسى، وصاياه العشر:

(لا تقتل، لا تزنِ، لا تسرق، لا تشتهِ امرأة جارك....)..

وقد كانت الجدَّة من قبل قد نشَّأت أولادها ـالأب وإخوتهـ على نفس هذه الوصايا؛ بيد أنَّ الوصايا الإلهية كانت جديرةً بإعادة النظر، قليلٌ من الحكمة كان جديرًا بأن يضيف لها وصيةً أخيرة في غاية الأهمية،لا تقسُ، لا تتجبَّر، لا تكن صلبًا جارحًا كسيخٍ من حديد، هذه الوصية الناقصة، لو أنَّ محرِّفًا بارعًا سمح لنفسه بدسِّها في سفر التكوين، لكان لعائلة (لست) مصيرٌ مختلف، ونهايةٌ جدُّ مغايرة تمامًا، لماذا لم يعمد محرفو الكتب إلى إتيان هذه الخطيئة الصغيرة؟ لماذا لم يتمموا للربِّ عمله؟!

إن ابن (جون ليست) كان مغتربا عن بيئته في الحقيقة، ولم يكن يؤمن بأشعار سفر التكوين، ولا بحرفية التنزيل، ولا بعصمة من دونوا الكتاب المقدس، لقد حطَّم الفرخ الصغير البيضة الحديدية التي وُلد ليجد نفسه حبيسًا فيها، وتربية (هيلين) و(جون لست) أتت بنتائج عكسية، ولد يكتم مروقه، وبنت تريد أن تعمل في السينما!.

لم يكن أحد الأبوين على علمٍ بالحقيقة الأولى؛ لكن (جون) وحده عانى مغبَّة الاطلاع على الثانية، لقد تسلل الشرير إلى هذا المنزل ولن يغادره إلا وهو يحمل أرواح سكانه محملةً بذنوبها وآثامها إلى السعير، إلى الجحيم، إذن فلابد من تضحيةٍ صغيرة لإنقاذ الجميع.. تضحيةٌ صغيرة ليست أكبر من تضحية الولد الذي خلف المباراة محتدمةً وراءه وذهب مع والده عائدين إلى منزلهم لينضم واحدٌ منهم فقط إلى بقية أفراد العائلة، ويلحق الآخر بالقطار الذي سيقله إلى الجحيم الذي قرر أن يخلقه لنفسه، وأن يحكم على نفسه ـ

حكمًا نهائيًا ـ بالبقاء فيه، لا هو ميت فيستريح ويُريح، ولا هو حيٌّ يتعب ويُتعب الآخرين معه!.

لم يكن الطريق بالسيارة طويلًا من الملعب الذي يتجمع فيه الأولاد، نهاية كل يوم ليلعبوا ويتنافسوا ويستمتعوا بوقتهم، حتى منزل عائلة (لست) القائم في (هيلسايد ويستفيلد)، حيٌّ راقٍ كان الانتقال إليه حلمًا من أحلام العائلة، وها قد تحقق الحلم لكن الثمن كان رصاصةً في رأس (هيلين) من الخلف، وقبلةٌ يهودية الطابع على خد أمه، تبعها تحطيم رأسها كبيضة فاسدة، أي ثمنٍ فادح ندفعه لتحقيق أحلامنا الصغيرة التافهة؟!

بيت بثماني عشرة غرفة يساوي مسلخًا تستلقي في أركانه خمس جثث، لا عدالة في هذا، لا عدالة من أي نوع، وعودة هذا الابن الغافل برفقة والده، الذي يوليه كل حسن الظن الذي في الكون، لا عدالة فيه أيضًا، كان (جون الأصغر) هو الأخير، هو آخر قيدٍ يعصب عيني (جون الأكبر)، أبوه الذي أهداه اسمه ولقبه، والمنزل والعائلة، والكرة التي طالما ركلها ذهابًا وإيابًا، وحقيبة المدرسة المصنوعة من الجلد الفاخر، وكل شيءٍ آخر، لكن غلطة (جون الصغير) أنه لم يتساءل ولا مرة عن نوعية الثمن الذي سيتحتم عليه أن يدفعه لقاء كل هذا، فلم يدر بخلد الغلام قط أنه سيُطالب بدفع ثمنٍ مقابل أشياء لم يطلب الحصول عليها أبدًا، بل استخدمها فقطٍ لأنها وُضعت بين يديه..لا عدالة في هذا أيضًا! ..

حياةٌ كاملة خالية من أية لمحة عدالة، والمنزل عامرٌ بالأنوار المضاءة تتوهج المصابيح خلف الستائر، ولم

يكن من عادة الأم والجدة أن تتساهلا بشأن ترك المصابيح تعمل دونما فائدةٍ حقيقية في هذا الوقت من النهار، لم يفهم (جون الأصغر) الأمر وهو يراقب واجهة البيت وشرفاته من الباحة الخارجية، حيث استقرت العربة أخيرًا، وألقت حمولتها، لكنه ظنَّ أنه سيحصل على تبريرٍ منطقي يعينه على فهم ذلك التجاوز الصغير بمجرد أن يدلف بصحبة أبيه إلى الداخل، كان (بريرنول) طيب المظهر يستلقي في دعةٍ وسط أشعة الشمس البرتقالية المحببة، يبدو كتلةً من الطبشور الأبيض من عصرٍ جيولوجي عتيق، تحيط بها هياكل ديناصورات عملاقة متداعية ومتحللة، شعورٌ غريب وانقباض غير مبرر داهم (جون) الصغير، وهو يسير رفقة أبيه على الحصباء متقدمين نحو المنزل؛ لكن الأب تأخر قليلًا وتخلف للحظة، فتح الغلام الباب، وهو يطلق عقيرته مناديا باسم أمه وجدته، (باتريشيا) و(فردريك) أخويه، كانت تلك عادته، إنه بدافع من الرجولة المبكرة التي تدب في عروقه يحب أن يثبت وجوده في هذا المنزل، يجب أن يعلم الجميع أن (جون) قد عاد إلي البيت، إنها عادته.. وها قد عدت يا (جون) إلي البيت!.

لكن البيت يلفه صمتٌ حذرٌ غريب غير معتاد، لم يقطعه سوى خطوات الأب، وهو يتقدم آتيا من الحديقة، صوت دبيب الأب طمأن (جون) قليلًا؛ فاستدار طالبًا تفسيرًا، لكن ثمَّة مذكراتٍ كان قد تم إعدادها، ورحلةٍ وهميةٍ جري إعلام الجيران بها، وترتيباتٍ حذرة ومنظمةٍ للغاية أخذت بالفعل، عائلة (لست) غادرت في رحلةٍ طويلة إلى كاليفورنيا،

أكذوبةٌ كاملة منمقة، ومعدّةٌ جيدًا، لها هدفٌ واحد، ألا يبحث أحد عن والدة السيد (جون لست) المسنّة، ولا زوجته ولا أولاده، ليس لأى سببٍ آخر غير السبب الوجودي الأكثر بساطةً ووضوحًا في الكون؛ إنهم هنا والآن وفي هذا اليوم المحدد سلفًا ـمن قبل الرب أو من قبل الشيطان لا يهمـ قد اختير لهم مصيرٌ واحدٌ مرعبٌ.. الموت قتلًا على يدي راعي الأسرة.. الابن والزوج والأب!..

الرجل الذي أنسته خسائره ومغامراته المالية أدواره الثلاثة، وأنساه الغمُّ الشخصي أنه هو ـولا أحد غيرهـ مَن كان يجب أن يمنح الأمان لهؤلاء الخمس أنفس، لا أن يقوم بدور قابض الأرواح بالنسبة إليهم!..

استدارت الروح الأخيرة المتبقية ـجون الصغيرـ الابن الثاني والولد الأكبر وقرّة العين، نحو أبيه طالبًا تفسيرًا، فكان جواب الأب رصاصةً مصوبة بدقةٍ إلى رأس ابنه!.. سقط الولد يتخبط على الأرض، مروعًا مرعوبًا من وقع المفاجأة أكثر مما روعته الرصاصة وأدمته، يتخبط في دمه الذي بدأ يسيل بغزارة مبللًا أرض المدخل الرخامي الأنيق، سال دم (جون) ـالذي لم تهدأ حركتهـ ببطءٍ ناشرًا الهول حول بركة الدم الصغيرة التي صنعها، ومتسللًا إلى داخل صدر أبيه ورأسه وتلافيف عقله، التي أحس بها كلها تتبلل وتسيل وتقطر دمًا لزجًا ببطءٍ محدثًا صدى مزعجًا كصوت قطرات الماء وهي تقطر من صنبورٍ معطل، لم يتحمل (جون الأكبر) صوت الصنبور الخرب في عقله، تلك القطرات اللعينة يجب أن تتوقف؛ فصوب وأطلق رصاصةً ثانية نحو

الجسد النازف المتخبط.. جسد ولده.. لعل الرصاصة وهي تنطلق تسحق معها كل الصنابير التالفة التي في العالم، وتُسكت أصوات الماء الذي يقطر منها؛ تلقى الابن الرصاصة الثانية فانتفض انتفاضةً مروعة، لكنه لم يهدأ ولم يسكن، بدا أنَّ الولد عصيٌّ على الموت؛ لقد منحته الحياة الصغيرة وقايةً من الفناء، ومنحه الرعب الذي يشمله درعًا يحميه من الهلاك السريع المجلل بالعار الكبير، أن تسقط دون أن تبدي أيَّة ردة فعل ، أيُّ مجدٍ في أن تموت كذبابةٍ سحقتها قدمٌ ثقيلة غبية؟!.

لكن الأب لم يُغلب على أمره، كان يحب (جون) حقًا؛ ولذلك كان مصممًا أكثر من أي شيءٍ آخر في العالم، على قتله، كان يعرف دومًا أنَّ الشرَّ الذي يسببه الحب يفوق كل شرٍّ تجترحه الكراهية، وأنَّ طاقة الحب أكثر تدميرًا من كافة أعاصير الشر والمقت والحقد والكراهية.. لقد خاف هؤلاء الذين يحبون بضراوةٍ وقسوة وشراسةٍ؛ لأن قدرتهم على الإيذاء والتنكيل حين يخيب أملهم تفوق كل الضرر الذي يمكن أن يحدثه عدوٌ كارهٌ سود الحقد قلبه، وأكلت الكراهية المقدسة كل وريد في هيكله، كان يؤمن بذلك، وهو على حقٍّ في إيمانه، لم يخدعه ربُّه لكنه بالتأكيد خدع نفسه، غير أنَّه لم يتصور أبدًا أن يأتي يومٌ يرى فيه نظرياته الفلسفية الباردة وهي تُطبق عليه هو شخصيا!.. لكن الصنبور لا يزال يسرِّب، ومع كل ذرة خبالٍ، مستتر بأقصى درجات التعقل والحكمة، أثارها صوت الماء المنساب من لا مكانٍ في وعيه، مضي يعالج ابنه برصاصةٍ إثر الأخرى، حتى انتفض

الغلام للمرة الأخيرة وهمد أخيرًا، وفي جسده استقرت تسعٌ أوعشرُ رصاصاتٍ لم تطلقها إلا يد أبيه، التي لم تحركها سوى قوة الحب،لا قوة الكراهية وجنونها!

سكن (جون الصغير) أخيرًا، واستعاد جسده هدوء البويضة الخالد قبل أن يقلق حيوانٌ صغير دخيل صفو أيامها ويكدِّر عيشها فارضًا عليها نطفةً غريبةً عنها، وقد كان (جون لست) الكبير نطفةً غريبةً، طفرةً شاذة منحرفة، جنونًا صافيًا وشرًّا خالصًا لا تخالطه أية شوائب، الشوائب الوحيدة كانت هي أفراد أسرته، لذلك تخلص منهم ليستعيد وحدته الخالدة، وعُزلته القاسية الفريدة، لم يُخلق (جون لست) ليكون أبًا، وما أقلَّ الرجال الذين خُلقوا ليكونوا آباء في هذا العالم!

ملتزمًا بنظامه الصارم بعد أن انتهى كل شيء، وبعد أن تغلَّب على لحظة الوهن التي داهمته، وجعلت ذراعه يرتجف وهو يوجه المسدس، مرةً بعد مرةٍ نحو ابنه، مضى (جون لست) يعمل بجدٍّ، سحب جثة ابنه ليمددها جوار الجثامين المسجاة الباقية؛ وحرص على أن يجعلهم كلهم في وضعٍ لائق، إنها خدمة الموت الأخيرة التي يجب أن يقدمها لهم! لقد تحوَّل في ساعاتٍ من أبٍ ووالد إلي قاتل، واستحال في لحظةٍ من قاتل إلي حانوتي ومتعهد دفن موتى، صحيح أنه لن يدفن جثث أفراد أسرته، لكنه ـوليس بوسع أحدٍ أن ينكر ذلكـ قد قدَّم لهم (خدمة ما بعد موت) لائقة حقًا!..

بعد أن انتهى كل شيءٍ غادر الأب أخيرًا المنزل، سيقود عربته بعيدًا حتى يتركها في النهاية، لقد شرح كل شيءٍ

للقسِّ، الأب اللوثري الطيب سوف يتفهم الأمر جيدًا، أما هو فقصةٌ مختلفة، لابد أنها تنتظره في مكانٍ ما؛ لقد أنهى عمله هنا، وعليه أن يبدأ من جديد في مكانٍ آخر، أما أسرته فهم سعداء الآن، سيسامحونه حتمًا على ما فعل، سوف يتفهمون الأمر، وسيشرح لهم كل شيءٍ حينما يقابلهم أخيرًا.. في الجنة!...

لكنه لا يقلق كثيرًا بشأن ذلك؛ فقد لا يتطلب منه الأمر ـفي النهايةـ شرحًا ولا تبريرًا، سوف يسامحونه ببساطة، أو ينسون الأمر تمامًا، إنهم يحبونه وهو واثقٌ من ذلك، (باتريشيا) اللطيفة كانت تحب أباها كثيرًا، وهو كذلك كان يفعل، سوف يغفرون له حتمًا لأنهم يحبونه، ويعرفون أنه يحبهم بدوره، الحب يُنسي كل شيءٍ ،ويغفر كل شيءٍ.

لقد عرف دائمًا أن الكراهية لغزٌ .. لكنَّ الحبَّ بدوره لغزٌ أكبر وأشد تعقيدًا!

جون ليست

John Emil List

(1925-2008م)

أمريكي قام بقتل والدته وزوجته وأبنائه الثلاثة

9 نوفمبر 1971م

الإسكندرية في سطور

أنطونيا ثابت

- البداية في الإسكندرية

إنَّ الفترة اليونانية الرومانية -بشكلٍ عام- غنيةٌ بالآثار والفنون التي نشرتها في العالم القديم نتيجةً لغزوات الإسكندر على إفريقيا وحتى وصوله للهند، ولربما كان تحقَّق حلمه في تكوين إمبراطوريةٍ واحدةٍ ممتزجة الثقافات والفنون؛ لولا أنه تُوفي وهو يبلغ 33 عامًا وقُسِّمت الإمبراطورية على قواد جيشه.

و كانت حملات الإسكندر مكونةً من جنودٍ وأطباء وفلاسفة وفنانين، فكانت تعتبر حملة غزوٍ ثقافية، وبالفعل امتدت الحضارة والثقافة اليونانية حتى شملت أغلب العالم؛ فنجد معابد يونانيةً في لبنان وتونس والأردن، ونجد تماثيل لمعبوداتٍ يونانيةٍ في مصر، وامتزاجهم بالمعبودات المصرية حتى أصبحت هناك معابد بُنيت في الفترات اليونانية الرومانية على الطراز المصري القديم مع إضافاتٍ بسيطة وتصوّر المعبودات على الهيئة التي تعوَّد بها المصري القديم أن يراها.

- قدوم الإسكندر وبناء الاسكندرية

تعتبر الإسكندرية هي وليدة الإسكندر، وكان هدفه أن تكون منارةً ثقافيةً وحضارية، وأن تكون هي عاصمةً لمصر،

ولقربها أيضًا من بلاد اليونان، ولتكون مدينةً تجاريةً تسهل التجارة بين البلدين.

ولا يُعتبر غزو الإسكندر لمصر عام 323 قبل الميلاد أول دخولٍ لليونانيين لمصر؛ حيث كانوا متواجدين منذ الأسرة 26 كجنودٍ مرتزقة منذ عام 672 قبل الميلاد.

قام المهندس (دينوكراتيس) بتخطيط المدينة على أساس أن تتضمن شوارعَ مستقيمةً متقاطعة تمتد من الشرق إلى الغرب ومن الشمال إلى الجنوب، وكان في مواجهة الموقع من الشمال جزيرة (فاروس) التي أمر الإسكندر بأن تربط بالشاطئ بجسرٍ يعرف باسم (هبتاستاديا)، ونتيجة إقامة الجسر نتج ميناءان.

تضمَّنت الإسكندرية خمسة أحياء حمل كل منها حرفًا من الحروف الخمس الأولى للأبجدية اليونانية:

و كان حي (ألفا) هو الحي الملكى، والذي تضمن المعابد والقصور والمتاحف والمكتبات والحدائق وغيرها.

حي (بيتا) حي الارستقراطيين من اليونانيين، حي (جاما) حي اليونانيين، حي (دلتا) حي الجاليات الأجنبية كالسوريين واليهود والفرس وغيرهم..

و حي (أبسلون) هو المخصص للمصريين والذين كانوا يعيشون في جزيرة (فاروس)، والحروف كانت ترمز لنص تأسيس المدينة:

(الإسكندر الملك من سلالة الآلهة شيد المدينة).

المناطق الأثرية في الاسكندرية تعرَّضت للتدمير عبر العصور سواءً بسبب اضطرابات داخلية وحروب، أو كوارث طبيعية وزحفٍ عمراني.

ووصلت لنا أخبارها من خلال كتابات الرحالة والمؤرخين، وتعدُّ أهم هذه الآثار: فنار الإسكندرية، ومكتبة الإسكندرية، والجبَّانة الملكية التي يُعتقد أنه بها ضريح الإسكندر المفقود، الذي سيكون اكتشافه من أهم الاكتشافات الأثرية التي ينتظرها العالم أجمع..

وتوجد صعوبةٌ في حفائر الإسكندرية بسبب التربة وبسبب المخاطر التي قد تحدث للمنطقة المحيطة لمنطقة الحفائر لطبيعة الأرض الصخرية الجيرية بوجهٍ عام.

و هناك آثارٌ لا تزال قائمةً أهمها:

1 – الجبانات البطلمية (الشاطبي، مصطفى كامل، الأنفوشي، الورديان... وغيرها)

2- الجبَّانات الرومانية (مقابر كوم الشقافة، ومقابر المنقولة من شارع تيجران... وغيرها)

3- معبد (السرابيوم) ونُصب (دقلديانوس) (عمود السواري)

4- كوم الدكة والمعروف بالمسرح الروماني

5 – معبد الرأس السوداء

و مواقع واقعة في غرب الإسكندرية التى من أهمها: أبو صير مريوط، ماريا.

و يعد أهم المتاحف المفتوحة حاليًا المتواجد فيها آثار تعود للفترة اليونانية الرومانية متحف الآثار في مكتبة

الإسكندرية، ومتحف الإسكندرية القومي، والمتحف اليوناني الروماني المفترض افتتاحه نهاية العام الحالي

- مُتحف الإسكندرية القومي منارةً حديثة

و يعد متحف الإسكندرية القومي المتواجد في شارع فؤاد (طريق الحرية حاليًا، محطة الرمل)

من أهم المتاحف التي يُنصح بزيارتها؛ حيث يحتوي على العديد من القطع الأثرية التي نُقلت من العديد من المواقع الأثرية والحفائر الموجودة في الإسكندرية، والذي يعطي لمحةً واسعةً عن تاريخ الإسكندرية، وكان قصرًا لأحد أثرياء الإسكندرية (أسعد باسيلي)، وكان تاجر أخشاب وبنى القصر على الطراز الإيطالي، وظلَّ مقيمًا به حتى عام 1954 ثم باعه للسفارة الأمريكية، حتى اشتراه المجلس الأعلى للآثار عام 1996 وقام بترميمه وتجديده، وتحول إلى مُتحف تم افتتاحه عام 2003.

ويحتوي علي العديد من القاعات التي تم استغلالها جيدًا لعرض العديد من القطع (حوالي 1800 قطعة) مقسمة على ثلاثة أدوار؛ حيث يعرض في الدور الأرضي آثارًا مصرية قديمة، ومقبرةً كاملةً لأحد الكهنة التي تُعرض بشكل مميز مثل المقابر الفرعونية، والدور الأول هو القسم الخاص بالآثار اليونانية والرومانية، وهناك قاعةٌ خاصةٌ بالآثار الغارقة، ويتم فيها عرض بعض القطع، وخلفها لوحٌ يوضح حالتها لحظة الاكتشاف.

والدور الثاني مقسَّم إلى قاعاتٍ عديدة؛ حيث يحتوي على الآثار القبطية التي اكتُشفت في الإسكندرية، وآثارٍ إسلامية

منقولةٍ من بعض المناطق الأثرية، وقاعة أخرى تُعرض بها قطعٌ أثرية تعود لأسرة (محمد علي).
و يعرض المتحف خريطتين، إحداهما خريطة (محمود الفلكي) التي تعد أشهر خريطةٍ صورت التخطيط القديم للإسكندرية؛ والتخطيط الحالي لمدينة الإسكندرية.
- كتبٌ للاستزادة
(رسالة عن الإسكندرية القديمة وضواحيها والجهات القريبة منها التي اكتُشفت بالحفريات وأعمال سبر الغور والمسح وطرق البحث الأخرى) تأليف (محمود الفلكي) (مواقع الآثار اليونانية الرومانية في مصر) دكتور (عبد الحليم نور الدين)

صفاء حسين العجماوي

تهريب الآثار

تعتبر الآثارُ هي التراثُ الثقافيُّ المادي الخاص بكل دولة، ولذلك وجب على كلِّ دولةٍ وأفراد المجتمع حمايتها وصيانتها، فهي ميراث الأجداد الذي نقدمه للأحفاد، وتعتبر تجارة الآثار من التجارات القديمة نسبيًا، والتي ظهرت بعد حفائر مدينتي (هيركلانيوم) و(نابولي) القديمتين في بدايات القرن الثامن عشر (حوالي 1738م)، حيث تلهف كبار الأثرياء والنبلاء في أوروبا للحصول على مجموعاتهم الخاصة من التحف الأثرية، ونشأ بينهم التنافسُ الشديد للحصول على أندر القطع الأثرية للتباهي والتفاخر فيما بينهم، مما استتبع ظهورُ الوسطاء والتجار والنبَّاشين؛ وعلى الرغم من أن حبَّ امتلاك الآثار قديم إلّا أنَّ هذه الفترة التي تميزت بشراهة النبلاء وكبار الأثرياء وضراوة التنافس بينهم هي ما شكلت تجارة الآثار بشكلها الحالي، ولأنَّ أثار أوروبا لم تكفي الطلب على امتلاك القطع الأثرية، فقد تحولت أعين الدول لمستعمراتها لتنهب تراثها بعد نهب خيراتها.

في بداية الأمر لم تكن هناك قوانينُ رادعةٌ أو حامية للآثار؛ بل كانت الدول الغنية بالممتلكات الثقافية لم تكن تعي أهمية ما تملك من ثروات، وأعتبر فقراؤها أنَّ هذه التجارة

المدمرة لتراثهم وتاريخهم ما هي إلا باب رزقٍ فُتح لهم، وتعتبر بلاد الشرق الأوسط وخاصةً مصر والشام والعراق وبلاد جنوب شرق آسيا كالهند، هي بلاد حضاراتٍ قديمة، وتعد بلدانًا زاخرة بالممتلكات الثقافية، ولأنها كانت مستعمراتٍ لدول أوروبا الأفقر ثقافيًا، فقد امتدت يد المستعمر لتنهب تراث الشعوب المنسحقة تحت الاحتلال، أولًا ظهر الوسطاء من أمثال (بلزوني) المعروف بين أوساط الأثريين بـ (النباش)، وهم مجموعة من المرتزقة يمولهم النبلاء والأثرياء ليذهبوا للبلاد الغنية بالممتلكات الثقافية ليقوموا بعمليات النبش والتخريب للحصول على الآثار النفيسة، ليعودوا بها إلى سادتهم، ليتباهوا بها في مجالسهم، وتتصدر قصورهم، ولكنَّ هذا لم يستمر طويلًا فمع التطور ومعرفة قيمة هذه الممتلكات الثقافية كُونت البعثات الأثرية وأنشأت المتاحف وغيرها؛ إلا أنَّ بعض الحكام مثل أفراد الأسرة العلوية بمصر كانوا يهادون ملوك أوروبا بالآثار المصرية المختلفة بشكل جائر، ولكن سرعان ما ظهرت القوانين الحامية للآثار والتي أعتبرت الممتلكات الثقافية أمنًا قوميًا، وبدأ تقنين عمل البعثات الأثرية، وتحولت بالتدريج من بعثات كشفٍ تأخذ كل ما تجد إلى بعثاتٍ علمية تنشر ما تكتشف في الأوساط العلمية الأثرية فقط والمكتشفات ذاتها تذهب البلد الذي تجرى بها أعمال الحفائر.

بمرور الوقت ولأهمية الممتلكات الثقافية، ووعي العالم لخطورتها في تغيير التاريخ، ظهرت المنظمات الدولية مثل

(اليونيسكو)، وظهرت القائمة الحمراء للآثار، وطرق حماية الآثار مثل الشارة الذكية والإيكوا وغيرها، وأخرى لكشف تزييفها مثل البصمة الفيزيائية والبصمة الكيميائية.. إلخ.. غير أنَّ موطن الخطر يكمن في تهريب الآثار بأيدي أبناء بلادها.

وتعتبر تجارة الممتلكات الثقافية ثاني أكبر تجارةٍ عالمية بعد تجارة المخدرات وقبل تجارة السلاح، وتعتبر بلدان التداول الغنية بالأموال والفقيرة تراثيًا ـمثل الولايات المتحدة الأمريكية والبلدان الأوروبية بالإضافة إلى اليابان ـ هي السوق الأكبر لبيع وشراء هذه الممتلكات الثقافية.

لو تحدثنا عن الحلقات الرابطة بين دول الثراء الثقافي الفقيرة ماديًا والتي تُعرف أحيانًا بالدول النامية وحتى دول التداول وهي الأفقر تراثيًا، الغنية ماديًا، سنجدها تبدأ بالنباشين وأغلبهم من أهل البلد الأم، وهم من يقومون بالعمل الشاق من حفر واستخراج القطع الأثرية المدفونة، أو نقب جدران الآثار الثابتة لنهب الآثار المنقولة الموجودة بها، أو سرقة المتاحف والمخازن الأثرية وغيرها، والغريب أنَّ تلك الفئة تحصل في أفضل الأحوال على نسبةٍ من بيع تلك الآثار ضعيفة لا تصل إلى 10%من سعر بيعها! وهذا مثيرٌ للشفقة، فهم معول هدم بلدانهم، ولا يتلقون ثمنًا يتناسب مع خيانتهم لأوطانهم!.

الحلقة التالية هم الوسطاء والذين يعتمدون على تراخي القبضة الأمنية، واتساع الحدود، وتضارب القوانين،

وحالات الثورات والحروب لإيصال ما يجده نباشو بلدان المصدر إلى صالات المزادات في دول التداول.

وتعتمد صالات التداول على فريقٍ ضخم من الأثريين ودارسي الفن وغيرهم لتحديد قيمة القطع الأثرية، كما تعتمد على جيشٍ من المرممين لصيانة القطع والتأكد من أصالتها، وفي أحيانٍ كثيرة تحسن من حالتها لترفع سعرها، وربما قامت بعمليات تزويرٍ بغية الحصول على أعلى سعر ممكن، تنتقل الآثار بعدها إما للمتاحف أو لبيوت جامعي التحف من كبار الأثرياء؛ ولأنَّ تلك الآثار غير موثقة بالقائمة الحمراء ولا تحمل شهادات ثبوت وملكية لدول المصدر، وعلى الرغم من أنها تحمل السمات الفنية والأصالة التي تثبت أنها لبلد المصدر إلا أنها لا يمكنها استرداد آثارها تبعًا للقانون الدولي.. لذلك وجب علينا توعية شعوبنا لمخاطر تهريب الآثار وبيعها، والضرب بيدٍ من حديد على كل من يعمل بهذه التجارة المحرَّمة، والعمل على استرداد المنهوب منها، إلى جانب المحاولات الدؤوبة لتغير القوانين الدولية ـالتي وضعتها دول التداول للحفاظ على ما نهبته من دول المصدر بيديهاـ لنتمكن من الحفاظ واستعادة تراثنا الثقافي المادي، وحماية تاريخنا من التشويه والسرقة.

صفاء حسين العجماوي

الفيروسات

احتار علماء التصنيف منذ زمنٍ بعيدٍ في وضع الفيروسات داخل تصنيف الكائنات الحية -والذي قسَّم الكائنات الحية إلى ممالك- ويرجع ذلك لأنَّ الفيروسات تعتبر حلقة الوصل بين الكائنات الحية، وغير الحية؛ فالفيروسات خارج جسم العائل الخاص بها تتصرف كذرة الملح لا حياة فيها، حيث يحيط غلافٌ خاص بخلية الفيرس يعرف باسم (الكابسيد) والذي يحمي الخلية من الظروف المحيطة، فهو يتبلور حولها كسدٍ منيع ضد كل الأدوية أو المضادات الحيوية أو المنظفات؛ فهو يعمل على منع دخول أية مواد ضارةٍ إلى داخله، كما تظل الخلية داخله في طور كمونٍ وخمول لا تحرك ساكنًا، كأنها جامدٌ لا حياة فيه، حتى تصلَ إلى خلايا العائل الخاص بها، وهنا تفقد غلاف الكابسيد أو الحويصلة للتحول إلى كائنٍ حيٍّ شرسٍ يهيمن بمادته الوراثية على الخلية ويدفعها دفعًا للتحول كل أنشطتها إلى نشاطٍ واحد، ألا وهو نسخ مادته الوراثية ملايين المرات لتحيط نفسها بجزءٍ من (السيتوبلازم) -يحوى كل عضيات الخلية ويتم فيه كل العمليات الحيوية- مكونةً فيروسًا جديدًا.. تظل الخلية تؤدي دورها في عملية تكاثر الفيرس حتى تمتلئ به كحويصلة جرثومية، ثم تنفجر ناشرةً الفيروسات فيما حولها ناقلةً

الإصابة إلى خلايا جديدة، وتبدأ دورة تكاثرٍ جديدة للفيروس.

والمادة الوراثية للفيروس في أغلب الأحوال تتبع نوع المادة الوراثية لخلية العائل، فإن كان معظمها يحتوى على دي. إن. إيه أو(DNA)، فإنَّ البعض تتكون مادته من أر.إن. إيه أو(RNA) ، مما يسهل لها عملية التكاثر داخل خلايا العائل، ولصغر عدد كروزومات الفيروسات، ولكثرة نسخها في عمليات التكاثر داخل خلية العائل تحدث لها طفراتٌ بمعدل كبيرٍ تسمح لها بمقاومة المضادات الحيوية، وهجوم خلايا الجهاز المناعي بالجسم، فمثلا فيروس الإنفلونزا قادر على تعديل مادته الوراثية بما يجعله يبدو لجهاز المناعة على أنه فيروس جديد لم يهاجمه من قبل! .

كما أنَّ للفيروس القدرةُ على التحور عن طريق اندماجه بمادةٍ وراثية لفيروسات أخرى، مثال ذلك عندما ظهر فيروس إنفلونزا الطيور المعروف علميا باسم(H5N1)والذي استطاع في بعض الحالات أن ينتقل من الطيور الداجنة للمربين المتعاملين معها بشكلٍ دوري؛ فسَّر العلماء ذلك بقدرة الفيروس على الاتحاد مع فيروس الإنفلونزا البشري ليتحور فيصبح قادرًا على مهاجمة الجهاز التنفسي البشري، وذلك في المرضى المصابين بالإنفلونزا البشرية، أو المارين بطور النقاهة منها، ولكن من رحمة الله لم يتحور بالشكل الذي يمكنه من مهاجمة البشر كعائلٍ أساسي، كما حدث في اجتياح العالم بنوعٍ من فيروس الأنفلونزا في بدايات القرن العشرين ١٩١٨ فيما عرف بـ

(الإنفلونزا الإسبانية) من النوع (أ) أو ما يعرف بـ
(H1N1)، والتي قضت على حوالي ٥٠ـ١٠٠ مليون
نسمةٍ من سكان أوروبا وحدها أغلبهم من الشباب واليافعينا
دون ٤٥ عامًا، على خلاف المتعارف عليه للإنفلونزا التي
تقتل الأطفال وكبار السن في الغالب، والتي فسَّر العلماء في
العصر الحديث ذلك أنه راجع لعمليات تحور جيني لفيروس
الإنفلونزا البشري مع آخر غير بشري.

قصصٌ قصيرة

كايميرا

صفاء حسين العجماوي

ظلمةٌ حالكة لا أمل في تبدُّدها، أو في نفاذ بصيص نورٍ باهتٍ يمرُّ من خلالها؛ فهي نشأت مع المكان الذي لا يمكن وصف اتساعه إلا بالضيق؛ غير أنَّ جدرانه المرنة تعطيه بعض المساحة الإضافية، وعلى الرغم من ذلك، فإنَّ القاطنين به يشعرون بالضيق يتزايد مع مرور الوقت، حتى مع انعدام حركتهم إلى الآن.

في منتصف قمة المكان كان يقيم ثلاثة سكان يفصلهم عن بعضهم مسافاتٌ ضئيلةٌ للغاية في مقياسنا المعروف، ولكن بالنسبة لهم آمنة، ثلاثتهم فقد كل الأنشطة الطبيعية ما عدا تكاثر خلاياهم التي تتحول من عشراتٍ لمئات لآلافٍ في سرعةٍ رهيبة، شعورٌ طاغٍ بوجود شركاء في المكان والغذاء كان ينقض على الأوسط كَالجاثوم، فهو الوحيد بينهم المحاط بكلا الجانبين بمنافسيه. جلست خلاياه تتشاور فيما بينها في معالجة تلك المعضلة، فمنافسوه يشاركونه الطعام والمكان ليتركوا له ثلث كل شيءٍ، ولكن إن تخلص من أحدهما أو كليهما سيكون في هذا خيرٌ له، بل الأفضل أن يتخلص من كليهما، ولكن كيف وهو العاجز عن كل شيء ما عدا الانقسام الميتوزي السريع لخلاياه؟! إذن لا مناص من استغلال تلك الخاصية لاحتلال المكان، ولكن كيف؟.. عدنا

لنفس المعضلة، يمكنه أن ينقسم بشكلٍ أسرع ليزيحهما فيسقطا وبذلك يكون قتلهما، لم ترق له الفكرة على الإطلاق.. إذا ماذا يفعل؟ أنه يريد كل شيءٍ دون الشعور بوخز ضميره؛ لذلك يجب أن يكون هناك حلٌ آخر، وجدها أخيرًا.. ليمتص خلايا منافسيه داخله، وبذلك يستفيد من خلاياهم في القفز على مراحل النمو ليتحول لمرحلة تمايز الخلايا سريعًا، وفي نفس الوقت يكون سيد المكان بلا منازع.. هيا إلى العمل.

ـسيدي الطبيب راؤول، السيد (ماكلاند) بالجناح الفاخر رقم واحد يعاني من أعراض رفض الجسد للكلية المزروعة، والأطباء المناوبون بالجناح يواجهون مشكلةً في السيطرة على الوضع، فقد فقدنا الكُلية!!.

هتفت الممرضة في الهاتف بذعر، ربما ظننتم أنها تبالغ، ولكن الحقيقة أكثر فزعًا، فصاحب الجناح هو ملياردير أمريكي من أمٍ يونانية يمتلك جميع استثمارات المدينة، حتي المشفى يعتبر إحدى استثماراته المنسية بالنسبة له، كما أنَّ الكلية المزروعة هي كلية مستنسخة من خلاياه هو بعد استنباتها في أكبر معامل الولايات المتحدة الأمريكية، معامل (ماكلاند) للهندسة الوراثية، إنَّ ما حدث كارثة ستطيح بالجميع.!.

أغلق الطبيب الهاتف، وركض في اتجاه الجناح، وهو يطلب رقمًا اعتاد الاتصال به في الفترة الأخيرة، الخاص بالدكتور (ستيفن بافلوف) رئيس معامل (ماكلاند) للهندسة الوراثية،

في كلماتٍ موجزة نقل الخبر المروع له، ثم أغلق الهاتف بعد أن رجاه أن يأتي سريعًا.

في مساء اليوم التالي كانت حالة السيد (بيتر ماكلاند) مستقرة، وطلب أن يمثل أمامه كبير أطباء مشفاه وكبير جراحي الولايات المتحدة الأمريكية الدكتور (رؤول بيريز)، ورئيس معامله للهندسة الوراثية الدكتور (ستيفين بافلوف)، حضرا من فورهما، وهما يعلمان علم اليقين أنهما إن لم يفلحا في إقناعه سيكون الجحيم مكانًا ألطف من المكان الذي سيلقيهما فيه!.

بدأ السيد (ماكلاند) الحديث بنبرةٍ ناعمة لا تخفى فضوله وغيظه:

- أريد أن أعرف ماذا حدث أيها السيدان، لقد أكدتما لي أنَّ استنساخ كليةٍ من إحدى خلاياي سيجعل جسدي يتقبلها بسهولة كأنها جزءٌ منه، ولكن ما حدث ينفي ذلك.

انكمش (بيريز) وتراجع خلف (بافلوف) الذي تنحنح في تهذيب، ثم قال بصوتٍ رخيمٍ واثق:

- هل تسمح لي بشرح ما حدث؟

أشار له بيده مبديًا موافقته، فانطلق (بافلوف) يشرح بسلاسة كأنه في محاضرة:

- سيد (ماكلاند)، لقد طلبت منّا زراعة كلية يسرى لكم بدلًا من المعطوبة؛ على الرغم من أنه يمكنك أن تعيش باليمنى فقط أو حتى بربعها، ولكنك آثرت أن تزرع أخرى حتى تظل كاملًا جسديًا؛ ولذلك عقدنا اجتماعًا مع دكتور (بيريز) لنجد أفضل إمكانيةٍ لزراعة كلية لا يرفضها جسدك، وتوصلنا أنَّ

باستخدام تقنيات الخلايا الجذعية واستنساخ الخلايا الكلية في المستنبت بمعاملنا ستتيح لنا نسخ كليةٍ مطابقة للمعطوبة، ولذلك أخذنا خلايا من جسدك وقمنا باستنبات كلية وزراعتها، ولكن واجهتنا كارثة رفضٍ جسدك للكلية واعتبرها جهازك المناعي جسيماتٍ دخيلةً مضرة وقرر مهاجمتها، عند ذلك عدت إلى خلايا الكلية المعطوبة التي كانت تخضع للدراسة لمعرفة سرِّ توقفها عن العمل، وكذلك إلى مجموع الخلايا التي أخذناها من أماكن متفرقة من جسدك من ضمنها كليتك الأخرى لنجد مفاجأةً كبيرة بانتظار...

قاطعه (ماكلاند) سائلًا بلهفة:

ـ ماذا وجدتم؟

أجابه (بافلوف) بهدوءٍ لا يتناسب مع ما يلقيه من أخبار:

ـ إنَّ خلايا كليتك اليمني ـوراثيًاـ لا تتطابق مع خلايا كليتك اليسرى، فهما على خلاف الطبيعي والمتوقع كانت خلايا وراثيًا لإخوةٍ أشقاء، لا لنفس الشخص!.

صعق (ماكلاند)، وأخذ يتمتم:

ـ إخوة أشقاء!!

لم يمهله (بافلوف)، بل قال بشكلٍ مسرحي:

ـهذه ليست المفاجأة الكبرى، بل هي...

ثم صمت، فرفع (ماكلاند) عينيه باتساعهما نحوه في رعب، فأكمل:

ـ إنَّ خلايا الكليتين لا تتطابقان مع خلايا الأنسجة الطلائية للفم وخلايا الجلد، بل هم ـوراثيًاـ إخوة أشقاء، إنَّ غالبية

خلايا جسدك منتمية وراثيًا لخلايا جلدك، أما الخلايا الموجودة بالكليتين فيمثلان معًا نسبة الربع من مجمل خلاياك.

هزَّ (ماكلاند) رأسه بقوة، وقال بعنف:

- يبدو أنك تهذي يا فتى، هل تظن أنه يمكنك خداعي بهذا الكم من الخزعبلات؟!. هل تظن أنكما بهذا الهذيان ستنجوان من فعلتكما؟!...

قاطعه (بافلوف) قائلًا بهدوءٍ لا ينتمي إليه:

- هل تعرف ما هو الوحش المنقوش على القلادة التي ترتديها؟

أخذ (ماكلاند)، وأجاب سؤاله بآخر:

- أجل، ولكن ما علاقته بما نحن فيه؟

ردَّ (بافلوف) ببساطةٍ:

- لتجيبني يا سيدي

زفر (ماكلاند) بقوة، ثم أجابه:

- (كايميرا)

سأله بافلوف بهدوءٍ:

وما هو الـ (كاميرا)؟

أجابه (ماكلاند) بضيقٍ:

- وحشٌ أسطوري يونانَي نصفه الأمامي لأسدٍ والثاني لعنزة وذيله عبارة عن ثعبان، وهو يحتفظ بالرؤوس الثلاثة.

ابتسم بافلوف، وقال له:

- وأنت يا سيدي (كايميرا) بشري!

صرخ (ماكلاند) بغضب، فأردف (بافلوف):

ـفي عالم الحيوان كثيرًا ما وجدت الـ (كايميرا)، وستلاحظها بشكلٍ واضح في القطط، ألم تجد كل قطةٍ قزحية لها لونٌ مختلف؟

جذب كلام (بافلوف) (ماكلاند)، فردَّ بحذرٍ:

ـأجل

سأله (بافلوف):

ـ ألم ترَ نفس الظاهرة في عيون بعض البشر؟ ألم تسأل نفسك لماذا هناك بعض البشر له نصف وجهٍ غير مطابق لنصفه الآخر؟!

تغلب فضول (ماكلاند) على حذره، فردَّ بحماسٍ:

ـ أجل!

أكمل (بافلوف) بهدوءٍ:

ـإنَّ تفسير ذلك هو الـ (كايميرا) البشرية، ففي الأطوار الجنينية الأولى، بعد استقرار بعض الأجنة الشقيقة غير المتطابقة في رحم الأم، يندمج توأمان في واحدٍ يكون الغلبة فيه لأحدهما، عند اندماجها تستغل خلايا التوأم الممتصة في بناء بعض الأنسجة، ولذلك نجد بعض الخلايا وراثيًا متآخيةً غير متطابقة متناغمة معًا إلى حدٍّ ما تعمل بلا مشاكل، وفي بعض الحالات يقوم الجهاز المناعي لإحدى المادتين الوراثيتين بمهاجمة الخلايا التي تحتوي على مادةٍ وراثية مغايرة له مسببًا نوعًا من أمراض جهاز المناعة الذي يهاجم فيه جسد المريض، وربما قضى عليه.

سكت (بافلوف) تاركًا له فرصةً لهضم ما قاله له، وفي ذات الوقت دفع (بيريز) المنكمش خلفه ليكون على نفس

المستوى، لم يعر (ماكلاند) (بيريز) أي اهتمام، بل وجه كلامه وجلَّ تركيزه إلى (بافلوف)، وسأله:

- وفي حالتي

قال (بافلوف) ببساطةٍ:

- كليتك المعطوبة هاجمها جهازك المناعي بعد سنواتٍ من ولادتك بعد أن تأكد أنها لا تنتمي له، وفعل نفس الشيء مع الكلية المزروعة المستنبتة من خلايا مطابقةٍ وراثيًا للكلية الأخرى، وهذا يعني أننا نبهنا جهازك المناعي لنوعٍ آخر من الخلايا التي تخالفه وراثيًا، والذي يستلزم القضاء عليه.

صرخ (ماكلاند) فزعًا:

- هل تعني أنني سأفقد كليتي الأخرى، وربما بعض الأعضاء التي تخالف جهاز مناعتي وراثيًا؟

هزَّ (بافلوف) رأسه إيجابًا، فصرخ (ماكلاند) مستجديًا:

- أما من حلٍّ لنجاتي من هذا المصير المفزع؟!

توجه (بافلوف) نحو الباب ليخرج، وهو يقول:

- ربما هناك حلٌّ أخير.

سأله (ماكلاند) بلهفةٍ عن ماهيته، فأجابه قبل أن يغلق الباب خلفه:

- سنستنبت لك كليتين لهما ذات المادة الوراثية لجهازك المناعي، في محاولةٍ لتهدئته؛ متمنين أن يتقبلهما بلا مشاكل.

ترك (ماكلاند) سريره معتمدًا على بيريز، متوجهًا إلى صورة المسيح المعلقة بجانب المرآة المواجهة للباب،

وركع أمامها داعيًا أن يتقبّل جهازه المناعي كليتيه المستنبتتين.

بضعُ دقائق

محمد رضا كافي

انتهيت من تقديم عرضي أمام مجلس إدارة إحدى المؤسسات الدولية؛ فطلبوا مني أن أمنحهم دقائق للتشاور ريثما أحتسي فنجانًا من القهوة في غرفة الانتظار، فجلست بين الشرود والقلق أفكّر .. كيف أنَّ بضع دقائق قد تحدّد مصير إنسان!.

أُدعى (سالم).. و قد اتخذت حياتي منعطفًا صعبًا منذ بدايتها عندما وُلدت لأرملةٍ محدودة التعليم وأربعة أشقاءٍ ذوي فكرٍ محدود.. بالكاد كان أحدهم يتعلم ويتلعثم في الحديث قبل أن تجبره صعوبة مواجهة الحياة على ترك ما يفعل والرحيل إلى حيث لا ندري، أخبرتني أمي أنه قد التحق بعمالةٍ في مكانٍ ما؛ ربما قد هاجر بعيدًا.. أخبرها يومًا ما أنه سيعود؛ و لكنه لم يعد.

أما البقية فقد اكتفوا بقليل الدخل الذي يجلبه عملهم كعمالٍ في مجال البناء، وكانت أمي عظيمة القناعة والرضا؛ ولم يؤرِّق صفو هذه القناعة غير كونها قد أنجبتني، الطفل الذكي الذي بدأ يزعجها بشأن كونه يريد الذهاب إلى المدرسة كالأطفال الذين يشاهدهم كل صباحٍ، يريد ذلك الزي والأقلام و الأوراق.. يريد ما لا طاقة لها بتقديمه.

"لكي تتعلم يجب أن تعمل".. كانت تلك صفقتها الوحيدة، وكنت أكثر عنادًا من أن أرفضها؛ لذلك عملت في كلِّ ما كان متاحًا لي طوال سنوات التعليم، وإن انتابني شعورٌ بالضعف يومًا.. أرى إخوتي أمام ناظري، لم أكن أريد أن ينتهي بي الحال مثلهم أبدًا.

تخرجت من كلية التجارة لمعركةٍ جديدة، ومن خلفي أمٌّ هَرمة وأخٌ مريضٌ لا يعمل ويعول أسرته، وآخر سقط يومًا ما في عمله من مرتفع فأصابه الشلل، و لم يبق منهم من هو يعمل سوى أخٍ واحدٍ قال لي يومًا:

"وُلدنا هكذا، ليس لدينا سوى القليل لنفعله في الدنيا، والدنيا لا تمنحنا إلا القليل.. أما أنت فقد خُلقت لقدرٍ آخر؛ فلا تجعلنا عقبةً في طريقك فنحن سنتدبر أمرنا كما فعلنا دومًا.. فقط اجعلنا فخورين بك، ولا تجعلنا نأسى على أنفسنا لأننا لم نكن لك عونًا كما ينبغي"..

عندها عانقته بشدة و أخبرته أنَّ أحدًا منهم لم يقصر في شيء، وأنني سأقوم بدوري مثلهم.. وكان عليَّ أن أجد الطريق.

حاولت تأسيس عمل صغيرٍ في الصناعات اليدوية كالحلي واللوحات الجبسية؛ ولكنني تعرضت للاحتيال والسرقة، ومن ناحيةٍ أخرى وجدت نفسي في منافسةٍ غير عادلةٍ بيني وبين مصانع صغيرةٍ فأنهكني الأمر بلا جدوى، ثم قمت بشراكة أحد أصدقائي في تجارةٍ صغيرة رأس مالها صغير ويحتاج لكثيرٍ من الصبر و العمل؛ ولكنه هدم كل شيءٍ

عندما قرر الانسحاب والتخلي عن الأمر، فخسرت تلك المحاولة.

عملتُ في مجالات البيع والشراء حتى امتلكت عربةً للأطعمة السريعة و الشطائر، وقد كان الأمر جيدًا لفترةٍ قبل أن أتعرض للضرب وتهشيم عربتي من قِبل بعض البلطجية، وقد خسرت تلك المعركة أيضًا!

من آنٍ لآخر كنت أعود بين صفوف العمالة اليومية لأعول نفسي وأهلي.. من آنٍ لآخر كان يصيبني اليأس من كثرة الهزائم وكثرة المحاولات وكثرة الوظائف التي تقدَّمت لها دون جدوى.. ولكنني كنت أقرأ كثيرًا عن الذين خاضوا معركة تلو أخرى حتى حققوا نصرًا في نهاية الطريق.

ماتت أمي قبل أن أحقق شيئًا، وقبل أن تفارق الحياة وضعت يدها على خدي و قالت:

"لا تدع شيئًا يكسرك؛ فأنت لم تُخلق للكسر".

فراقها كان طعنةً أثرها لم يفارقني أبدًا.. مثل كلماتها.

خلال سنواتٍ من المحاولات المتتالية كنت أحبُّ قراءة كتبٍ في علم الاقتصاد، و كنت قد التحقت بوظيفةٍ صغيرة بإحدى المؤسسات الدولية كدخلٍ ثابت قبل أن تبدأ بوادر الأزمة الاقتصادية في البلاد، و ذات يومٍ صادفت منشورًا من الإدارة العليا يفتح الباب لمقترحاتٍ أو خططٍ أو دراسة لتقليل التكاليف أو زيادة الدخل للمؤسسة؛ سواءً على المدى القريب أو البعيد، وكانت فرصةٌ تلوح في الأفق.

كان التحدي الذي أمامي هو كيفية تحقيق الاستفادة للجميع، فكانت دراستي تتلخص في أن تقوم المؤسسة بتوفير كلِّ ما

يتعلق بحياة العاملين من مأكلٍ ومسكنٍ ورعايةٍ طبية وغيرها؛ كل ما يضطر العامل للدفع مقابله، عندما تقوم المؤسسة بتوفيره بقيمةٍ أقل سيشعر العامل بالرضا ويتحقق الربح للمؤسسة بشكلٍ مضمونٍ ومستمر؛ وهذا ما قدمته في عرضي بشكلٍ مفصل.

بعد دقائق من الانتظار قاموا باستدعائي، نظر إليّ رئيس مجلس الإدارة وهو يقول:

"تفاصيل دراستك مثيرة للاهتمام، كل ما تم تقديمه من قِبل الآخرين كان يتلخَّص في الضغط على العاملين، ربما اعتقد المتقدمون أنهم سيفوزون بمقعدٍ في الإدارة بهذه الصفة؛ لكن إدارتنا تهتم بالاعتبارات الإنسانية كما تفعل أنت؛ لذلك تم قبول دراستك وعليك أن تستعد لمنصبك الجديد.. لا تغرَّنك السعادة بهذه الكلمات؛ فأنت على وشك تحمُّل مسئوليةٍ ضخمة"

قالها مبتسمًا، وأنا لم أستطع إخفاء سعادتي؛ لأنني أخيرًا.. قد ربحت معركة!.

الخواطر

محمد نعيم

أتعبتني

أتعبتني كما لم يتعبني أحدٌ من قبل..
علمت أنها ملكت حشايا القلب والروح ملك يديها..
تراوغ..
تراوغ..
تراوغ..
أعلم جيدًا أني أقطع الطريق لها فى أطول وقتٍ بغير إرادةٍ
مني في كل هذه العقبات.
وضعتني فى محلِّ الحيرة والشك..
هل تنتظرني؟!.
أم ألقت عشقي الصامت من يديها؟!...
أحبك..
أتجاهلك.. أشتاقك..
وحتى أكرهك..
كلها ردود أفعالٍ قد تحدث في يومٍ واحدٍ.
وحتى لحظةٍ واحدة..
أصبحتُ على شفا الغرق ولا أعلم أي سفينةٍ تنقذني بها
أو أي سفينةٍ ستشق عباب البحر لتخترق الروح..
أغضب..
أثور..

أنتفض..
أقول ألَّا شيء وأني سأفعل الأفاعيل بها ومعها..
كلها أمورٌ لا أقوى سوى على التفوه بها في لحظة غضبٍ
سرعان ما أعود عنها..
فمن لى من البشر سواها؟
أأقول ما تناقلته ألسنة البشر أنها ضلعي؟..
أعلم أنى أحببت قبلها؛ ولكن هي الاختلاف..
هى لا يقال عنها ما قبلُ ولا ما بعد..
هناك أرواحٌ تتوقف عقارب الساعات عندها
هي الحياة..
هي الحبُّ من عالم الذرِّ
لا أعلم متى يُتاح لي أن أنطق في حضرتها أني عاشق
إنَّ حياتى لا شيء بدونها..
إني أريد الموت على نحرها
لم أجد لها صفةً واحدةً..
هى حبيبتي..
وهى مِنِّي..
وهي أنا..
قال شيخي في مذهبي في العشق يومًا لي:
" إن كُتب عليك العشق؛ سيعطيك ربُّك ما تريد متى يريد،
وتُعاد لك ساعاتُ العمر " .

محمد نعيم

كان يوما عاديًا
لا يعطي أيَّ انطباع مختلفٍ عن أيامٍ كثر تكرارها..
نحن لا نولدُ مرةً واحدة..
نُولد يوم خروجنا للحياة من رحم أمهاتنا
ونولد أيامًا أخرى مع أول تجربةٍ..
مع كل شعورٍ إنسانيٍّ نشعر به..
ولكن يبقى أهم هذه الأيام..
يوم ميلاد الروح..
حين تشعر بالحياة الأولى
تلك الحياة البرزخية
حيث كل معنىً جميلٍ وصفاء السرائر والحبِّ الصادق
قبل الانتقال إلى رحلة الحياة..
رأيتها..
تلاقت أعيننا في لحظة ظللت عليها عناية الله
وألقى في روحى كلمةً واحدة وكأنها وحيٌ من السماء
(هي)..
سلبتني كل الأفعال وردودها.
لم يكن فى إمكاني سوى أن أقول في نفسي..
"نعم أنتِ هي"..

لم تغادرني يومًا منذ هذا اليوم وهذه اللحظة..
علمت يقينًا أنها احتلت روحي بكلِّ رضا
سلبتني إرادة أن أقرر..
كانت هي القرار والسبب والنتيجة..
أكتشف أني أحببتها من قبل مع كل منهن جزءًا منها
ولكنها هي الكل..
هي الحقيقة المطلقة في عالم لا توجد به أية حقيقة..
وأحبها طالما بقيت الروح في الجسد..
وسأحبها وهي سيدة قصري في الجنة..
سيأتي يومٌ ألقي رأسي على كتفها وأبكي أيام لم تكن
بجواري فيها
وأفرح كطفلٍ صغيرٍ أمامها..
وأقف سدًّا منيعًا أزود عنها كل شيء ما بقيت
هي ظلٌّ تستظل به الروح
وأصمت في حضرة عينيها..
وأقول لها كل شيء..
هل تعلم معنى أن تكتفي بأحدهم عن الجميع؟
وليست هي أحدهم ولكنها أنا فقط
قالها شيخي في مذهبي في العشق:
"منتهى العشق اكتفاءٌ واجتباءٌ لروحٍ في روح" .

وحيدٌ دائمًا

صفاء حسين العجماوي

أنتَ وحيدٌ للغاية..
تلك هي الحقيقة التي ستتعلمها بمرور الزمن
فكما جئت لهذا العالم بمفردك
وستغادره بمفردك..
ستحيا فيه بمفردك..
لنكن أكثر دقةً.. "برفقة نفسك"
أما البقية؛ فمراحل في حياتك لا أكثر.
ستستنزف سنين عمرك في محاولاتٍ حثيثة للبحث عن
رفيق الروح
أو رفقةٍ قريبةٍ من قلبك..
ولكن عبثًا تبحث..
فلا وجود لذلك الشخص الذي يفهمك دون كلامٍ..
من يطيب خاطرك..
ويجبر كسرك دون أن يعرف ما حدث..
ولكنه يشعر بما ألمَّ بك..
من يهتم لسعادتك وهنائك وراحتك..
فمنها يستمد فرحه.. بل روحه..
إنَّ هؤلاء الناس هبةٌ من الرحمن.. لا تأتي بالبحث يا
عزيزي.!

ستتعلم أنَّ الكتف الوحيد الذي ستضع عليها رأسك
هي كتفك أنت..
وأنَّ الكفَّ الذي سيربت على قلبك
هو كفُّك أنت..
ستتعلم كيف تحتضن نفسك
وتهدهدها كطفلٍ رضيع..
وتهتزُّ وأنت تحادثها
لتعيدها إلى عهد السعادة الوحيد عندما كنت جنينًا.
ستبحث عن المكان الذي تبكي وتصرخ فيه دون مواربةٍ..
فهناك لا داعي للقوة
وإخفاء الوجع أو المرض..
لا داعي للصمود..
ستحترم ضعفك البشري
وتتركه يتنفس قليلًا...
ستذهب إليه محطمًا
وستخرج منه صامدًا..
وحتى تجده ستظن أنَّ وسادتك تسعك
ولكن..
من سيسعك هي سجادة صلاتك..

صفاء حسين العجماوي

دائمًا ما ألعب الألعاب التي تهتم بتنفيذ الديكورات، ربما لرغبتي في ترتيب ما حولي بشكلٍ أكثر راحةً وقبولًا لنفسي، أو ألعب ما يسمونها ألعاب العقل، ربما لأرتِّب عقلي المبعثر المزدحم بما لا يحتمل من موضوعاتٍ، لم تستهوني ألعاب الحروب، فأنا أخشى الدمار، وأكره إراقة الدماء، ورؤية الأشلاء.. كما لم أحب ألعاب السباق بالسيارات، ربما كنت أحبُّها وأنا طفلة؛ أما الآن فإني أبغضها، لا لشيءٍ ألا أنها تدفعني لعدم ملاحظة الجمال والتفاصيل، والانشغال بكسب غير ذي أهمية، ما مدى أهمية أن أكون الأولى، وأنا بمفردي؟.. لا شيء بالطبع يستحق الوحدة، فلا طعم للحياة ونحن منعزلون في جزرٍ من الفُرقة.

أعجبت بألعاب الزراعة، وخاصةً الزهور، ربما لأنَّ الورد عشقي الدائم، ولربما لجمال مظهر النباتات وهي تنمو بهدوءٍ ورقة؛ حقيقةٌ لست أدري.. أهتممت بألعاب الأزياء وتحضير المناسبات، ربما لرغبتي في المشاركة في شيءٍ سعيد، حتى وإن كان غير حقيقي.

دائمًا ما كانت الدُمى هي رفيقتي، وإن لم ألعب بها، يكفي أن تكون بين يديَّ، أو حتى في خيالي وأحلامي، تعلمت صناعة الدُمى لفرط حبِّي لها، لم أقلد أحدًا؛ فلي طابعي الخاص، لأنها

جزءٌ مني، أفنيت فيها عمري، وحبي، وخيالي، لا أهديها إلا لمقرَّبٍ من قلبي، أسأله دون أن أحرك شفتي أن يحافظ عليها.. إنها عمري، بل هي بعضٌ مني، فترفَّق بها لأجلي. لازلت طفلة صغيرة أعشق السير تحت المطر، واللعب بقطراته، واستقباله بذراعين مفتوحين. ليتني ظللت طفلةً ترقص على إيقاع زخّات المطر، تختفي وتظهر مع حركات السحاب المُثقل الذي يأنُّ من حمله، ينثر بعضه لي بسعادةٍ، فاتحًا لي أبواب الدعاء، ويحتفظ بالباقي لأطفالٍ في مكانٍ آخر يستقبلونه بصيحات الفرح، والرقص، والأمنيات..

صفاء حسين العجماوي

عُزلة

أنا بحاجةٍ إلى عزلة.. أجل أنا بحاجةٍ إلى أن أعتزل الجميع؛ لأسكن في جزيرةٍ تحيط بها مياه المحيط العميقة، لها شاطئ تلهو على رماله سلحفاةٌ بحرية صغيرة، تستظل بأشجار الموز المثقلة بثمارها، تتسلقها قطّةٌ مرحة، تنزلق على ساقها كلما ارتقت لبضع بوصاتٍ، وأنا أفترش الرمال بجانبها ملوحةً للدلافين التي تتراقص في المياه إلى أن يهلَّ القمر في كبد السماء، فتترك للنجوم الساحة لتعزف أجمل الالحان.

في منتصف الجزيرة نبع ماءٍ عذب تحيطه غابةٌ صغيرة وافرة الخضرة، منحدراتها تلتف حول الغابة، تسكنها الظباء التي تطارد الفراشات كلَّ صباح، حتى تصل إلى حيث ميلاد الشمس من قلب الماء.

وحدي أسكن الجزيرة برفقة كتبي، وخيوطي وصنانيري التي أشغلها، ودفتري وأقلامي، لأكن كما أحب أن أكون لبعض العُمر، فقد سلبت تلك الحياة أيامي بشقائها.

قرأتُ لك

صفاء حسين العجماوي

رواية (المستمعون) للكاتب (إبراهيم السعيد)

من إصدارات (عصير الكتب)
تدقيق لغوي: إيمان الدواخلي
غلاف: عبدالرحمن حافظ

كلٌّ منَّا يحوي أطنانًا من التراكمات النفسية التي تسحق أرواحنا، تسمم نفوسنا، تحولنا إلى أشخاصٍ لا نعرفهم ولا نحبهم، تقتل براءتنا، وتشوه فطرتنا.. هناك سبيل وحيد للتخفيف من وطئتها.

تسألون ما هو؟

المستمعون..

أجل المستمعون.. من منَّا لا يتمنى شخصًا يستمع له بكل حماقاته، وذنوبه، ومساوئه، دون تبرُّمٍ أو إهانةٍ أو توجيهٍ، دون أن نشعر بحرجٍ أمامه ونحن نفرغ مكنوناتنا حبيسة الصدور.

روايةٌ من أدب الخيال العلمي لم تأخذ حقَّها في الدعاية والانتشار.. رواية آسرة، جذابة تسرقك من ذاتك، بحبكةٍ جيدة ولغةٍ فصيحة جميلة، بأحداثٍ غايةً في الإثارة والمتعة، تدور الأحداث في عالم ما بعد الحرب العظمى التي تقاتل فيها الجميع، فشوَّه جيلٌ كاملٌ من الأطفال هم أطفال الحرب الذين تمنوا ألَّا تعود، وأن يربوا أجيالًا غير مسممة بتشوهاتهم، وأن يتخلصوا من آثار الحرب، ومن هنا نشأت فكرة (المستمعون)، الذين جلبوا السعادة للجميع؛ غير أنَّ

البعض ظنَّ أنهم كذبة، والأعداء لم يُردوا لهم السعادة، فتكاتل الجميع لأفنائهم، وهنا ظهر (المحركون) وأعضاء المكتب التاسع وغيرهم، لنكتشف أنَّ (المستمعون) جزءٌ من كيانٍ أكبر قائم على حماية الوطن.

(أسيل) البطلة الأساسية ملائكية، ولكنها تحولت لكائنٍ هشٍّ بوفاة ولدها.. (ريان) شخصٌ مشوه الوجه نتيجة الحرب، ولكنه تشوه نفسيًا أكثر منه جسديًا... (هند) شخصيةٌ لم أحبها على الإطلاق.. (شريف) شخصٌ غير سوي... (يوسف) و(بيلسان) و(أحمد) و(ديفيد) و(الساحر) و(صانع الفجوات) وغيرهم..

أبطال الرواية أكثر مما ينبغي، وإن كانوا موظفين.. اسكتش (رامز وأصدقاؤه) الفكاهي لم يكن فكاهيًا كما تمنينا.. أظهر الأبطال بعيدين عن الدين بدرجاتٍ متفاوتة، وأغفل النموذج المتديّن على الرغم من أنَّ الفطرة السوية تجبر ـحتى الملاحدةـ على العودة إلى الله في الأزمات والكوارث، فكنت أتمنى ظهور نموذج متديّن.

اللغة جيدة جدًا لم أجد سوى أربعةِ أخطاءٍ إملائية..

لم أحب الغلاف، ولكنَّ خطوطه جذابةٌ.. التقييم العام ٤.٥

رواية (جريمة في قطار الشرق السريع) للكاتبة (أجاثا كريستي)

ترجمة: زياد أحمد عبيدات

مراجعة الترجمة: نبيل عبد القادر البرادعي

تحرير: رمزي رامز حسون

إصدار: دار (الأجيال) للترجمة والنشر

في البداية كان لي لقاءٌ مع تلك الرواية منذ ما يزيد عن العشرين عامًا، كنت في المرحلة الابتدائية، جذبني عنوانُ الرواية والتي كانت في مكتبةِ أبي، كانت ترجمةً جيدة مطبوعةً بورقٍ أصفر ومكتوبةً على الآلة الكاتبة، وكأني ألمس تلك الرواية الآن وأنا أتكلم عنها!. كانت هذه الرواية بداية رحلتي مع (أجاثا كريستي) والأدب الإنجليزي والأعمال المترجمة عمومًا، وإني لا أبالغ في أنَّ السبب الرئيسي بكوني كاتبة الآن يعود إلى تلك الرواية، وهذه الكاتبة.

الرواية صدرت لأول مرةٍ عام 1934 وبعد أيامٍ قليلة سيظهر فيلمٌ يجسد أحداثها وإن كنت لا أحبذ ذلك، ولكن هذا دليل أكثرَ من كافٍ على مقاومة أعمال الراحلة أجاثا لعوامل القِدم، فهي تمتلك بصيرةً بالطبيعة البشرية تمكنها من حياكة حبكةٍ لا تبلى أبدًا.

تدور أحداث الرواية في قطار الشرق السريع، والتى استوحت أحداث تلك الرواية عندما سافرت به في رحلةٍ مع

زوجها عالم الآثار، شخصٌ وُجد مقتولًا في مقصورته وشاءت الأقدار أن يكون من بين المسافرين المحقِّق صاحب الخلايا الرمادية الأشهر (هركيول بوارو).. علق القطار بين الثلوج في إحدى بلدان أوروبا الشرقية، ترجى السيد (بوك) رئيس شركة عربات النوم العالمية صديقه المقرب (بوارو) ليحل اللغز، طُعن القتيل اثنتي عشرة طعنةً غير متناسقة، تحدى (بواور) الثلوج وشهادات المسافرين ولكنه (هركيول بوارو) استطاع كشف النقاب عن القاتل والذي كان مفاجأةً للجميع.
ميزة طبعة (دار الأجيال) أنها تُرجمة أدبية كاملة للنص، وطباعة فاخرة
التقييم 5 من 5 .. لو بيدى لأعطيتها أكبر من ذلك؛ فهي لازالت تسحرني وتسرقني من ذاتي..
الأعلى على قائمة الترشيحات

كتاب (القرصنة الوراثية) للكاتب (أحمد مستجير)

في بحور العلم- الثقافة العلمية- مكتبة الأسرة 2013- الهيئة المصرية العامة للكتاب

الكتاب بجحم كتيبات الجيب في 182 صفحة، مكونٌ من ستة فصول

*1-بذور شيطانية

يتحدث عن بداية الزراعة والهندسة الوراثية، والبذور العقيمة والإرهاب الزراعي ومحاولات التصدي له

*2-البروفيسور الحافي

ملخَّص عن كتاب يتناول قصة حياة (لايسنكو) وتدمير الزراعة في الاتحاد السوفيتي

*3-التفسير الجغرافي للتاريخ البشري

*4-القرصنة الوراثية

سطو القوة الغربية على جينوم الأقليات العرقية والفقراء واستغلالهم في زيادة المعارف لصالح الأغنياء

*5-سفر الإنسان

تعريف الجينوم البشري ومشروعه، عدد جينات الإنسان

*6-تحريك الساكن

عن مواجهة قرصنة المادة الوراثية

الطباعة جيدة مناسبة للتكاليف

أقصوصة مع نورهان أبو الفضل

‎‹‹كما يُقالُ إنَّ التعليم في الصغر كالنقش علي الحجر، فإنَّ الصدماتِ والإساءاتِ في الصغر كذلك تنحت نقشها علي مادة تكوين شخصية الطفل اللينه الطرية التي لم تجف بعد؛ لذلك تترك آثارها العميقة بالنفس››..

شخصية العدد

محمد رضا كافي

(27ديسمبر 1921 - 31 أكتوبر 2009)
فيلسوفٌ وطبيبٌ وكاتب مصري؛ هو مصطفى كمال محمود حسين آل محفوظ، من الأشراف وينتهي نسبه إلى علي زين العابدين، توفي والده عام 1939 بعد سنواتٍ من الشلل، درس الطب وتخرج عام 1953 وتخصَّص في الأمراض الصدرية، ولكنه تفرَّغ للكتابة والبحث عام 1960. تزوج عام 1961 وانتهى الزواج بالطلاق عام 1973، رُزق بولدين هما (أمل) و(أدهم).. تزوج ثانيةً عام 1983 من السيدة (زينب حمدي) وانتهى هذا الزواج أيضًا بالطلاق عام 1987.

ألف 89 كتابًا منها الكتب العلمية والدينية والفلسفية والاجتماعية والسياسية؛ إضافةً إلى الحكايات والمسرحيات وقصص الرحلات، ويتميز أسلوبه بالجاذبية مع العمق والبساطة.

قدم الدكتور مصطفى محمود أكثر من 400 حلقةٍ من برنامجه التلفزيوني الشهير (العلم والإيمان)، وأنشأ عام 1979م مسجده في القاهرة المعروف باسم (مسجد مصطفى محمود). وتتبعه ثلاثة مراكز طبية تهتم بعلاج ذوي الدخل المحدود، ويقصدها الكثير من أبناء مصر نظرًا

لسمعتها الطيبة، وشكَّل قوافل للرحمة من ستة عشر طبيبًا، ويضم المركز أربعة مراصد فلكية، ومُتحف للجيولوجيا، يقوم عليه أساتذة متخصصون، ويضم المُتحف مجموعةً من الصخور الجرانيتية، والفراشات المحنَّطة بأشكالها المتنوعة، وبعض الكائنات البحرية، والاسم الصحيح للمسجد هو (محمود) وقد سماه باسم والده.

(296753)مصطفى محمود، هو كويكب سُمي بهذا الاسم تكريمًا لمصطفى محمود.

من أقواله:

• نحن مصنوعون من الفَناء.. ولا ندرك الأشياء إلا في لحظة فنائها، وإذا دام شيءٌ في يدنا فإننا نفقد الإحساس به.

• الأكفانُ بلا جيوب.

• الفضيلة، صفةٌ إنسانيةٌ وليست حكرًا على دين بعينه، ولا على مجتمع بعينهٍ، ولا على شخصٍ بعينه، ولم تكن في يومٍ من الأيام خاصةً بنا نحن المسلمين دون سوانا، فلدينا ـنحن المسلمينـ من يحاربون الفضيلة أكثر من بعض دعاتها في الغرب، لكننا الأولى بها بكل تأكيد.

• الله هو المحبوب وحده على وجه الأصالة، وما نحب في الآخرين إلا تجلياته وأنواره، فجمال الوجوه من نوره، وحنان القلوب من حنانه، فنحن لا نملك من أنفسنا شيئًا إلا بقدر ما يخلع علينا سيدنا ومولانا من أنواره وأسمائه.

- القشَّة في البحر يحرِّكها التيار، والغصن على الشجرة تحرِّكه الريح، والإنسان وحده.. هو الذى تحركه الإرادة

- في دستور الله وسنته أنَّ الحرية مع الألم أكرم للإنسان من العبودية مع السعادة؛ ولهذا تركنا نخطئ ونتألم ونتعلم، وهذه هي الحكمة في سماحه بالشرِّ.

- إنَّ نفوسنا هي المعاقل الأولى للثورة والتغيير، وترويضها وقيادتها هو المنطلق لقيادة أي شيءٍ، وليست شقشقة الشعارات وطنطنة الهتافات، فليعطف كلٌّ منَّا على نفسه يروضها ويربيها ويزكيها ويكافحها فذلك هو الجهاد الأكبر.

- ابكِ ما شئت من البكاء فلا شيء يستحق أن تبكيه، لا فقرك ولا فشلك ولا تخلُّفك ولا مرضك؛ فكل هذا يمكن تداركه؛ أما الخطيئة التي تستحق أن تبكيها فهي خطيئة البعد عن إلهك.

- العالَم واسعٌ فسيح، وإمكانيات العمل والسعادة لا حدَّ لها، وفرص الاكتشاف لكل ما هو جديدٌ ومذهل ومدهش تتجدَّد كل لحظةٍ بلا نهاية، فلماذا يسجن الإنسان نفسه داخل شقٍّ في الحائط مثل النملة ويعض على أسنانه من الغيظ؟ أو يحك جلده بحثًا عن لذةٍ أو يطوي ضلوعه على ثأر؟ لماذا نسلم أنفسنا للعادة والآلية والروتين المكرَّر وننسى أننا أحرارٌ فعلًا؟!.

- لم يُقذف بنا إلى الدنيا لنعاني بلا معينٍ كما يقول (سارتر)، إنَّ كل ذرةٍ في الكون تشير بإصبعها إلى رحمة

الرحيم، حتى الألم لم يخلقه الله لنا عبثًا، وإنما هو مؤشرٌ وبوصلةٌ تشير إلى مكان الداء وتلفت النظر إليه.

• رضا الضمير مستحيل، وفي اللحظات التي يُخيَّل إليك أنَّ ضميرك رضي عنك، لا يكون في الحقيقة قد رضي وإنما يكون قد مات.

• الطريقة الوحيدة لتحويل الكتب الأدبية الطريفة إلى كتبٍ سخيفة هي تقريرها على المدارس.

• كل شيءٍ يهون كما تهون المسافات... الزمن يمشي على كل شيءٍ.

• يارب سألتك باسمك الرحيم أن تنقذني من عيني فلا تريني الأشياء إلا بعينك أنت، وتنقذني من يدي فلا تأخذني بيدي، بل بيدك أنت تجمعني بهما على من أحبُّ عند موقع رضاك، فهناك الحبُّ الحَق.

• موقفك المشبَّع بالحب والتفاؤل يحول عذابك إلى كفاحٍ لذيذ، ويحول محاربتك للشرِّ إلى بطولةٍ ونُبل.

• إنَّ إسرائيل التي أخرجت لغتها العبرية البائدة من القبر، وتدثَّرت بها لتصنع لها هويةً وقومية وإرثًا تاريخيًا من العدم، لن تكتفي بأقلَّ من السيادة والهيمنة، هؤلاء الذين فرحوا بالتطبيع لا يرون إلا المصالح العاجلة تحت أقدامهم، ولا يرون خطر الاحتواء الأمريكي الإسرائيلي على المدى البعيد، ولا يشهدون الخراب الذي يُخطط لبلدهم، والسدُّ الوحيد الذى يقف أمام هذا الطوفان الذي يدق على الأبواب هو الروح الدينية في المنطقة العربية؛ وفي مصر بالذات.

- لا فرق بين الحبِّ والكراهية، كلاهما نارٌ، كلاهما اهتمامٌ شديد وارتباطٌ حارٌ بين قلبين.
- حتى ينجح الزواج لابد أن يكون الزوج بهلوانًا والزوجة بهلوانة ليضع الاثنان الشطَّة في فطيرة الحب كل يوم.
- لا تصدِّق أنَّ غيرة المرأة حبٌّ وشكَّها غرامٌ، وإنما غيرتها دائمًا عذر تنتحله لتمتلكك وتحجر عليك وتستولي على حريتك، إنها الأنانية بعينها.
- المرأة تحرص على أن يكون لها جيشٌ من العيال ليزداد عدد الأصوات التي تصوِّت في صالحها في خناقة كل يوم.
- الحماة أول جهاز مخابراتٍ في العالم!
- الرجل في حقيقته ليس إمبراطورًا، وليس ربًّا لأسرته؛ ولكنه عبدٌ لهذه الأسرة وخادمٌ لأصغر فرد فيها، خادم لا يطلب إلا الأمان والاطمئنان بأفدح الأثمان!.
- للصمت المفعم بالشعور حكمٌ أقوى من حكم الكلمات، وله إشعاعٌ وله قدرته الخاصة على الفعل والتأثير.
- الحبُّ هو الجنون الوحيد المعقول في الدنيا.
- سلَّة القمامة التي نلقي فيها بكل أفعالنا هي كلمة (قسمة ونصيب).
- الجمال الحقيقي هو جمال الشخصية وحلاوة السجايا وطهارة الروح، النفس العفيفة الفيَّاضة بالرحمة والمودة والحنان والأمومة هي النفس الجميلة، والخلقُ

الطيب الحميد، والطبع الصبور الحليم والمتسامح، أيُّ قيمةٍ لوجهٍ جميل وطبع قاسٍ وخوانٍ مراوغ خبيث؟!.

• الرحمة أعمقُ من الحب وأصفى وأطهر، فيها الحبُّ، وفيها التضحيةُ، وفيها إنكار الذات، وفيها التسامح، وفيها العطف، وفيها العفو، وفيها الكرمِ، وكلنا قادرون على الحبِّ بحكم الجبلَّة البشرية، وقليلٌ منَّا هم القادرون على الرحمة.

• أريد لحظة انفعال، لحظة حبّ، لحظة دهشة، لحظة اكتشاف، لحظة معرفة، أريد لحظةً تجعل لحياتي معنىً، إنَّ حياتي من أجل أكل العيش لا معنىً لها، لأنها مجرد استمرار.

• اشغلوا أنفسكم بما يفيد ودعوا الكون لخالقه، والأقوياء الجبابرة للذي هو أقوى منهم، للجبار القهار الذى لا يعجزه شيءٌ في الأرض ولا في السماء.

• الطريقة الوحيدة لتجعل امرأةً صمَّاء تسمعك، هي أن تقول لها: أتزوَّجك!

• اسق حبيبتك من كأسك، حذارِ أن تسقيها من نفسك، إننا حينما نعطي نفوسنا للنساء نعجز عن استردادها، إننا نذوب فيهن كما يذوب السكر في الماء، ويصبح من المستحيل فصلنا من بدون اللجوء إلى النار والغليان والتبخير، وحينما يذوب الرجل في المرأة يضعف ويصبح مثل ظلِّها... والمرأة لا تحب الرجل الضعيف حتى لو كانت هي سبب ضعفه.

• الصدقُ هو الكذب الذي لم نكتشفه بعد.

- نحن في صبانا نبدو متأكدين من أشياء كثيرة، وفي شبابنا نحارب بحماسٍ من أجل هذه الأشياء، وفي شيخوختنا نشعر أنَّ المسألة لم تكن تستحق كلَّ هذا الحماس، وأنَّ أغلب الأشياء التي اعتنقناها في تعصبٍ كانت خطأ، هذا هو الداعي لأن يكون أسوأ السياسيين هم الشيوخ؛ لأنهم يعيشون في التردد والشك والافتقار إلى العقيدة.

- الإنسان الذكي يقاوم ما يحب، ويمارس ما يكره.

- الإنسان بدون حبٍّ إنسانٌ ضائع متشرِّدٌ بدون أهل، بدون شيءٍ يمت إليه بالقرابة، بدون شيءٍ يمسك عليه وجوده ويلضم لحظاته بعضها في بعض، إنَّ الجحيم أهون من أن نعيش حياتنا بلا حب، وأعظم حبٍّ هو أن نحب الخالق العظيم الذى خلقنا، ونعطي له وجهنا كما تعطي زهرة عبّاد

اذكر اسم أكثر موضوع أعجبك في هذا العدد ولماذا؟

اقترح موضوعات أخرى في سلسلة كولاج للمنوعات ترغب في قراءتها في الأعداد القادمة

قم بمسح هذا الكود لتراسلنا بهذه الصفحة بعد تصويرها من خلال واتس آب الدار

في حالة قبولها من قبل لجنة القراءة سيتم نشرها في عدد كولاج القادم ... انطلق بالخيال ☺